그리움 지나면 아무것도 아닐...

그리움, 지나면 아무것도 아닐...

2019년 5월 8일 초판 1쇄 인쇄
2019년 5월 8일 초판 1쇄 발행

지은이 | 김유명, 이승주, 김병언, 노현주, 최일춘, 유나영

인쇄 | 예인아트

펴낸이 | 이장우
펴낸곳 | 꿈공장 플러스
출판등록 | 제 406-2017-000160호
주소 | 경기도 파주시 회동길 301 (파주출판도시)
전화 | 010-4679-2734
팩스 | 031-624-4527
이메일 | ceo@dreambooks.kr
홈페이지 | www.dreambooks.kr
인스타그램 | @dreambooks.ceo

ISBN | 979-11-89129-29-3

정 가 | 13,000원

그리움,

지나면 아무것도 아닐...

시인의 말 9

우리 아픈 건 이제 그만해요 · 김유명

문득, 자연스럽게 · 이승주

죽어가는 나를 마주하다 · 김병언

그리움이 그대가 되어 · 노현주

쓰담쓰담 • 최일춘

못다 부친 편지 • 유나영

시에는 그 사람의
경험
생각
감정
가치관이 투영된다

시를 마주한다는 건,
한 사람의 인생을 만나는 일이다

오늘도
시를 통해
나를 만나고
사람을 만난다

좋다
참 좋다

우리 아픈건 이제 그만해요 • 김유명

이 세상 모든 것에 그대를 투영해
눈물로 희석하고 그리움으로 승화시킵니다.
나의 모든 시간, 시선은 모든 당신입니다.

instagram : @ryumyeong0204

무언

문득 무언가
머릿속 떠올라

들뜬 맘 달려가
고하고 싶을 때

대상이 없는 건
쓰리고 아프다

때 지난 물음은
무언으로 박히고

때 지난 사랑은
울음으로 헐떡인다

비애

비를 맞았을 뿐인데
가슴이 먹먹해지는
아주 참 이상한 일

모든 순간이 너였다며
흐릿한 괴로운 몸부림을
가슴이 기억 해냈을 때

떨어지는 빗방울 수만큼
온몸이 너덜너덜해져
그 몸과 마음을 들킬까

그댈 생각하는 온종일
공기 중 떠도는 향수에
심장이 조마조마했었다

결손

나무에도, 꿈에게도
바람에도, 돌에게도

모두 결이 있었다

나무처럼 세월 지나
진해지는 결이 있었고

꿈결처럼 희미해지다가
결국 사라지는 결도 있었다

한결같던 너의 결도
지나고 보니 무심결이었지

바람결에 실려오는 너의 잔상에
나는 돌의 결로 상잔하기로 했다

우기

침묵을 거슬러
너의 계절 다가온
아주 짧았던 애상

아직 터지지 않은
작았던 그 세계를
조심히 움켜쥐고

손에 잡힐 듯이
일렁이는 잔상에
안부를 묻는다

작았던 세상은
눈물이 비 되어

그대를 닮은 색만이
고요 속에 떨어져 내린다

야생화

이름 없는 것의
눈먼 아름다움을
나는 본 적이 있다

새벽이슬 머금고
새하얗게 피어난
이름이 없는 들꽃

달빛만이 머무는
아무도 찾지 않는
녹지 않을 설원

달빛의 온기와
기다림의 눈물로
고고하게 피어난

그대라는 꽃이 있었다

낙화

세상 가장 높은 곳
끝내 닿지 못할 그곳

애처로운 마지막 늦잎이
고개를 떨구며 비행한다

사뿐히 내려앉은 시선이
가을의 끝자락에 머무니

나는 너를 밟고 가는
발걸음이 무겁구나

더 이상 어디에도
나무랄 데가 없다

환승

버스도 내릴 때
하차 태그를 잊으면
추가요금이 생기는데

함께 사랑한 네가
아무런 인사도 없이
내 곁을 떠났을 때

함께한 사랑에
두 배 정도는
아프지 않았을까

무리

차가운 냉수 한잔
벌컥 벌컥 마시다

숨이 막혀 터져 나온
차가운 눈물이 넘쳐

머리는 시려오고
마음은 쓰려오는 이유

너는 물이었던가

그대 없는 가벼운 하루가
건조하여 갈증이 나는 건

너는 물이었던가
이별의 숙취가 밀려온다

선풍기

무슨 미련 남아
닦지도 못한 채

멍하니 바라보다
방치를 하는 걸까

이제는 넣어야 하는데
금세 네 계절이 올까 봐

불면

겨울 새벽 찬바람이
뒤척여 설익은 별 밤

무얼 할까 꿈처럼 망설이다
의미 없음에 절망 아닌 안도를

마음엔 이상을 품은 채
내가 품은 건 너라는 이기로

길 잃어 한참을 고민하다
결국 답 못 내린 내 안도는

말똥말똥 별이 사라져
한없이 부끄러운 눈꺼풀

눈 뜨면 내 세상
눈 감으면 네 세상

위선

까만 밤 몰래 꺼내 보는
너는 나의 은밀한 위선

언제나 오만한 모습으로
나를 무릎 꿇리는 잔인함
설원에 벗어나지 못해
온몸이 얼어버릴 미련함

이 모든 것에 잊힌 네가
언젠가 홀로 산에 흩뿌렸던
유골처럼 강을 따라 흐르고
바다를 만나 큰 세상이 되면

가을바람 갈대처럼 상잔하다
네 품 같던 침대에 바스러져

기억 한 줌 타들어가는 위선에
아련한 살 내음으로 날 부르네

각인

지우고 지웠지
비우고 비웠지
버리고 버렸지

한참을 애쓰다
아프게 남은 흔적

다시 힘을 내서
닦고 또 닦았지

발버둥 칠수록
선명해지는 사랑

유혹

대책 없이
흐르던
눈물도

사무치게
밀려온
그리움도

보고 싶다
사랑한다
순정의 언어도

이 모든 걸
어찌 참으란 말이냐

기억

단물이 모두 빠져
향기만 날 듯 말 듯

입안 한가득
머문 향 풍기는

너는

다 잊은 내가
씹다 버린 껌

답장

답을 할 수 없던
꿈속 잠겨있는
무채색의 시간들

그 시절 수면 위로
떠오르며 부서진
묵은 사랑의 맹약

시간이 흘렀지만
그럴듯한 대답을
아직도 기다리나 봐

허공을 향한 혼잣말이
늦어버린 그날의 약속이

시들지 않는 꽃처럼
밤하늘 재촉하는 별처럼

추억

열병처럼
잊힌 계절을

뜨겁게 앓다가
숯으로 화하면
존재라도 남을까

뜨겁던 열이 식어
냉기마저 소멸하면

봄바람에 흩날려
눈꽃 같던 겨울 편린

영생을 꿈꾸고
영면에 드소서

백색왜성 白色矮星

내가 벌인 일들이
모두 벌이 되었다

다만, 그대를
사랑했을 뿐인데

이제 그대는
못 자국으로 남아

이동하는 생의 정좌를
아련히 비껴서 나갔다

은하

주인 잃은 마음이
밤하늘 반짝이며
세상 가득 채운다

지울 자신 없어
밤하늘에 버린
지나간 모든 날

내일이 죽은 듯
오늘을 산다고

독한 마음이
두 눈에 박히고

주인 잃은 눈빛
밤하늘이 아련해
한가득 흐려진다

유성우 流星雨

별이 소멸한다는데
뭐가 그렇게 좋으냐

가파른 들숨에 사랑을
아득한 날숨에 미련을

휘어지는 별 꼬리 한가득
생에 없던 괴로운 몸부림

별 하나에 추억
별 하나의 단념

영원 같던 어제를
오늘 소멸하거늘

오늘은 숙연해지자
오늘은 숙연해지자

크레파스

어릴 적 12색 크레파스
금 은색을 간직하는 일

고이 모셔두고
아끼고, 아끼다

애달픈 마음에 녹아
전부 사라져 버렸지

당신을 떠올리는 일은
새벽꿈처럼 익숙한걸

꾸고 깨는 새벽꿈처럼
너도 참 많이 닮았구나

달기만 하던 그대가
점점 더 닳아지는 밤

어느 애주가의 고백

쓰디쓴 소주와
애틋한 당신 중

무엇이 더 좋으냔
질투 어린 물음에

어리석게도 내가
술술 불겠냐 답했다

그때의 그대 표정
마음속에 그려보면

미련한 나에겐
꽃보단 술이지

눈물이 시를 쓴다면

넘치지 않으려
그렁 그렁
붙들고 있었는데

못나지 않으려
동글동글
매달려 있었는데

네가 바라본 난
슬픔이구나
아득히 떨어져
아픔이 되었구나

저 멀리 떨어져
빛나는 별이 되면

이 별은 나의 순정이니
그대 꽃길을 비춰주리다

그리움의 온도

잠이 오지 않는
모두 잠든 세상

너라는 바다를
자각하는 순간

마음속 그리움은
무한의 지평이 되어

봄날의 온기를
스치듯 피워 올린다

그리 움의 이유

언젠가 '움'에 대해
들어본 적이 있다

풀이나 나무에
새로 돋아 나오는 싹

그래서 그랬나 보다

떨쳐내도 밀어내도
쫓아내도 베어내도

헝클어진 마음엔

계속해서 자라고
커지기만 하더라

그대 곁으로

흩어진 흔적을 따라
그대를 사유하는 밤
못 자국이 선명하다

가시 돋친 이별들이
셀 수 없는 상처들로
밤하늘 별을 넘본다

흩어진 흔적을 따라
과거의 경계를 허물어
아픔을 덧칠하는 일

우리 애달픈 인생은
그리움으로 살기에
익사가 두렵지 않다

너와 걷다

사랑은 진행되기에
함께 행진하는 거야

그러다 사랑이 멈추면
그 공간은 소나기가 와

꿈같던 그 시간, 공간
함께 한 모든 순간들

흐린 날 빨래를 걷듯이
혼자 걷어야 하는 거야

함께 걷던 우리는

사랑을 걷는 걸까
이별을 걷는 걸까

빨래건조대

앙상하게 뼈만 남아
차가워 보이는 그대

그대에게 슬픔이
얼기설기 걸쳐있다

어루만지며 토닥였는데도
흐느낌은 그칠 줄 모른다

고요함의 외마디 툭 툭 툭
짠 내음이 온 방을 뒤덮고

겨울 새벽 입김이
서러움을 내뱉는다

걱정 마
그 슬픔 내일은 마를 거야

별이 사라지던 밤

당신의 별이 사라지던 밤
어두운 자정 눈물이 흘렀다

당신의 별이 빛나지 않아
걱정이 되어 조금 흐느꼈다

나도 더 이상 빛나지 않아
위안이 된 듯 크게 울었다

저 넓은 하늘
어두운 한구석 공백이
마음이 아파 목 놓아 울었다

네가 내게 부딪혀
조각난 파편에
우리란 별이 있었다

봄에 꾸는 꿈

꿈은 깨지 않은 채

잠만 깨어 묵은 계절을

속절없이 버둥거린다

봄이 오는 걸까

네가 다시 돌아오는 걸까

저울

애끓는 사랑도
타오르는 열정도
아낌없는 헌정도

그대에게
이 모든 행위는
의미 없는 사치

작은 오차도
용납하지 않는
그대는 정이 없다

성큼성큼 다가가
그대에게 기대는 순간
고장이 났으면 좋겠다

우리는 서로에게
저울질을 하고 있었다

반올림

누군가는 남고
누군가는 떠난

외로운 이야기

누군가는 잊고
누군가는 품은

간절한 이야기

외롭고 간절한
마음이 만나서

사랑을 꿈꾼다

너를 쓰다

그리워서
그리 울었나

글이 울어서
그리웠나

눈가로 시작되
미소로 번지듯

잉크가 소매에
촉촉이 스미듯

나의 글에
너를 첨언하다

우린 너무 멀리 있다

비가 아프게 오던 날
조용히 비를 맞았다
눈물 한 방울
흘리지 않던 네가
뒤늦게 서러운 눈물이
터져 나온 건 아닐까
그 시절 그 모습으로
네가 다시 온 것 같아서

훗날 오늘이 너였구나
뼈아픈 후회를 할까 봐
사랑했던 마음이
하늘에 닿았다가
다시 시간을 되돌아
내려왔다고 생각하니
우산을 쓸 수가 없었다
오랜만이야 잘 지냈지

이젠, 안녕

앙다문 입술 끝에
못 흘러 맺힌 안부

다시 올 것 같아
건네지 않았던 전언

전부였던 사람아,
한 번은 보고 싶었고
한 번은 안고 싶었고

다신 없을 사랑을 읊나니
처박히는 아롱진 눈물에

텅 빈 한구석 상사화
허락 없이 꽃 피어나

끝내 하지 않을 그 말
이젠, 안녕

문득, 자연스럽게 • 이승주

나를 위로하려 펜을 잡았습니다.
날 향한 위로가 당신을 위한 위로가 되길
더 이상 위로가 필요 없는 당신이 되길

instagram : @ktgonzo1

youtube : 긁적글적TV

먹구름

이른 아침부터 먹구름이 몰려와
곧 쏟아질 듯 아슬아슬 옹기종기
피곤한 먹구름 한숨 쉬는 먹구름
어딘지 모르는 도착지를 기다리며
절제된 움직임으로 넘실대며

하루하루 짙어지는 구름의 색에
비우지 못한 속앓이 느껴지네
아침마다 둥실둥실 떠다니는
다리 달린 먹구름들

휘청휘청 넘실대네

맑은 날

오늘의 날씨는 맑음
춥지도 덥지도 않은 맑음
산책하기 딱 좋은 날 맑음

오늘은 일하는 평일
휴가도 휴일도 아닌 평일
야근하기 딱 좋은 날 평일

창 밖 구름도 없이 맑음
창 안 먹구름 가득 흐림

백야

해 지지 않는 온종일
반푼이가 되어버린 날에
벌겋게 드리워진 대지는
어둠을 갈망하며 그리네

꽃은 시들 줄 모르고
너는 잠들 줄 모르네
잔업에 억지로 졸린 눈 비비며
퇴근을 모르는 너는

아아
그래 너는 백야여라

장마

그는 우산을 챙겨 다닌다
언제 올지 모르는 비를 피하려
화창한 날에도 우산을 챙긴다
- 챙기지 않는 것보단 나아

이상한 눈빛들이 느껴져도
비는 오지 않는다는 기상청의 말에도
매일같이 우산을 챙긴다
매일같이 흠뻑 젖는다
축축하게 젖은 몸 말리며
-챙기지 않는 것보단 나아

자조 섞인 미소 지으며
소용없는 우산을 오늘도 챙긴다

침식

크고 단단하던 바위가
비바람에 깎이고 깎여
자갈이 돼버렸네
모래가 돼버렸네

세월이란 비바람에
장대했던 꿈이란 바위가
희미한 먼지가 되어
먼지가 되어
먼지가
먼지
먼
머

퇴적

잘 흐르나 했더니
하나 둘 쌓여 섬이 되었네

잘 지나가나 했더니
하나 둘 쌓여 벽이 되었네

다음에 다음에 미룬 것들이
나중에 나중에 포기한 것들이
쌓이고 쌓여 산이 되었네

넘지도 못할 산이 되었네
걷잡을 수 없이 퇴적되었네

열대야

흐르는 땀이 수면을 방해하면
그것은 땀 때문인가
땀을 나게 하는 열기 때문인가

잠이 오지 않는 여름밤은
단지 열대야 때문인가
뭔가 아쉬운 하루 때문인가

뒤척이다가 참아보다가
찬물에 몸을 적셔 식혀도
다시 또 흐르는 땀은

그저 땀일 뿐인가
붙잡고 싶던
하루의 아쉬움인가

달그림자

너무 밝아 벌써 아침인가
문 열고 나가보니 아직 밤이네
하늘을 가득 채운 둥근 저 달이
저녁을 깨우네 밤을 밝히네

길가에 가로등 빛 무안하게
밤의 어두움 그림자로 숨어 버리네

다 같은 밤이 아니듯이
아침보다 밝은 밤이 있듯이
저 달도 그림자 짙어 오겠지

달그림자 아늑히 날 덮어오겠지
그때는 편히 좀 쉴 수 있겠지

중력

끌어내린다 당겨온다
짓눌린다 무거워진다

하루가 더해갈수록
하루살이가 부러워진다

산다는 것이
나로 인한 것인지

어떤 중력에 의한 것인지

일식

손바닥으로 하늘 못 가린다더니
저 작은 것이 하늘을 삼키네
온 세상을 비추던 태양을 삼키네

암실에 갇힌 것 마냥 답답하더니
못 참겠는지 도로 뱉어내네

다시 밝아져서 기분이 좋아야 하는데
손바닥으로 가려도 빛나는 하루인데

답답한 것이 알고 보니
남은 태양을 내가 다 삼켰네
여전히 암실이었네

가뭄

바짝 말라버려서
가루가 되어 갈라진다

갈라진 틈새는 벌어지고
남아 있던 한 방울 습기마저
송두리째 기화된다

기다리던 비는 오지 않고
끊임없이 열기만 가득 모인다

말라버린 그곳에는
한 방울 눈물조차 흐르지 않는다

홍수

가득 차 넘쳐흐른다
감기어 차올라 가라앉아
애써도 수면은 보이지 않아

발버둥은 밑바닥으로
저 먼 곳으로 저 아래로

물과 하나 되어
두둥실 두둥실 떠오르네

차디찬 손길 차디찬 손 끝
아득히 심연으로
아득히 어둠으로

천둥

멈추지 않게 해 달라 빌었다
그 소리를 계속 듣고 싶었다

창문이 찢어질 듯 그 소리를
거센 빗소리에 묻히지 않길 빌었다

포화 같은 그 소리를 하늘의 성화를
할 수 있다면 그 순간을 붙잡고
계속되기를 계속 남기를
아무도 모르게 아무도 모르길

누군가 알게 된다면 물어본다면
천둥소리가 무서워 울었다
그리 말할 수 있기를

겨울비

구름이 가득하여 눈인 줄 알았다
한참 걷다 보니 비가 내렸다
한참 걷다 보니 홀딱 젖었다
텅 빈 거리에 홀로 남았다

눈이었으면 가득 찼을 거리
생각보다 그리 나쁘진 않았다

텅 빈 거리 적막 빗소리
가득 찬 사람들 사이 외로움보다야
텅 빈 거리 가득 채우는 내 발소리가

느닷없는 비가 거리를
나로 가득 채운다

눈보라

하늘이 화가 났나 보다
한 치 앞도 보이지 않고
한 치 양보도 없이 쏟아져
한 걸음 옮기기도 버거워

하늘이 시간을 줬나 보다
집에 돌아와 누워보니
아무 생각이 없어지고
고요에 잠든다 고요히

미세먼지

느껴지지도 않겠지
그래야 맞는 것이지
다만 불안감에 혐오감에
마스크를 챙길 뿐이지
그럼 해결되겠지

어느새 침투하여
괴롭히고 상처 입힐
그 가능성을 차단하지

너에게 난
미세한 먼지 해로운
그뿐이지 그게 맞지

아지랑이

무더운 어느 날 아지랑이 피어올라
그립던 그대 얼굴 선선히 피어올라

아스팔트 저 편에 그대의 손짓 따라
사라질까 조심히 다가가도
어느새 조용히 흩어지는 그대

멈추어서 바라보니 다시 손짓하네
그대 눈동자에 눈빛에 깨달았네
잘 가라 잘 있으라 이별의 손짓
그대는 아지랑이 아스라이 사라지네

파도

푸른 바다가 몸서리친다
하얀 거품을 토해내며
백사장을 덮치면 사라진다
너와 나의 이름이 휩쓸린다

고운 모래 위에 새겨놓은
너의 약속도 나의 다짐도
산산이 부서지는 하얀 거품 속에

거품이었나 우리의 언어들은
파도로 파도로 쓸려나가서
바다만 알고 있는
심해가 되었네

유성

별이 떨어지는 날이면
그녀는 노래를 불러

별이 연주하는 선율에 맞춰
바람과 함께 춤을 춰

목 놓아 불러 몸 놓아 춤춰
광야를 무대로 적막을 친구로

떨어지는 별과 함께
별의 마음으로 노래해

단풍

그녀는 산을 좋아했다
단풍으로 물드는 가을 산

뒷산에 가면 나무가 우거져
언제나 빨갛게 물드는
단풍을 볼 수 있다 자랑했다

그는 가끔 상기한다
어느 가을에 단풍처럼 물든
그녀의 얼굴을 떠올린다

산이 좋다고 단풍이 좋다고
아이처럼 들떠있던

그녀는 단풍이었다

벗꽃

분홍 그 거리
봄내음 봄바람
거리의 연인들

맞잡은 두 손
덩그러니 한 손

그림 같던 너와 나
그림이 된 너와 나

한 폭의 풍경화
한 폭의 추상화

석화

그녀는 메두사
온몸이 굳어버려

그 시간도 공간도
그대로
그대로 멈춰버려

망부석처럼
돌이 되어

봄비

지붕을 간질이는 소리에
창밖을 내다보니
봄을 재촉하는 비가 내려요

참새들도 낮게 날며 만끽하고
피기 시작한 꽃들도 입을 적시고
겨우내 얼었던 땅도 녹아내리고
빗소리에 맞춰 풀벌레도 노래해요

바람조차 따스히 반겨오네요
오지 않을 것 같던 손님이
꽃향기 가득 머금고 찾아왔네요

내 마음 가득히 봄이 왔네요

정전기

마주친 손등 사이로 반짝임이 흘러
수줍게 웃으며 날 보는 네 얼굴
나도 모르게 내 마음 전해버렸어

타고 오르는 찌릿한 감정에 동해
터져 오르는 복받친 황혼에 취해

가만히 끄덕이는 너의 모습이
건조한 날을 예찬하며 입을 맞췄네

맞잡으려는 손에 다시 분홍의 정전기
너와 나는 웃었네 우린 웃었네

별

가장 가까운 별도
닿을 수 없이 멀리 있대

저 별의 찬란한 빛도
수백만 년 전 내뿜은 빛이래

영원할 것 같은 별들도
언젠가는 수명이 다해 꺼진대

그래서 저렇게 밝은가 봐
사라지기 전 꺼지기 전

자신의 모습을 기억해 달라고
그래서 저렇게 반짝이나 봐

무지개

산 중에 수놓인 일곱 빛깔 선들이
해묵은 전설이 해묵은 감정으로

그 끝에 가면 끝에 닿으면
소원이 이뤄질까 보물이 있을까

레플리컨들이 뛰노는 그곳에 가면
옛 이야기 돼버린 꿈들과
웃으며 즐거이 마주 할 수 있을까
마음 놓고 마음대로 춤출 수 있을까

그 끝에 가면 끝에 닿으면
난 무슨 색의 무지개로
하늘을 수놓을까

고드름

뭐 그리 좋았는지
모진 추위 다 잊고
맨손으로 가지고 놀았지

친구들과 부서질 때까지
칼싸움도 하고 그랬지

이제는 창 밖에 걸린
뾰족한 고드름만 보면
길 미끄러울까
얼마나 추울까
걱정부터 하지

태풍

그날 이후 그녀는 문을 걸어 잠갔다
그녀를 볼 수 있는 시간은 하루 두 번
솔직히 보고 싶지 않았다 알고 싶지 않았다
굽은 허리로 기다시피 요강을 비우던
고약스런 냄새에 항상 눈을 찌푸렸다
내 작은 손 위에 장난감을 쥐어주던
그때의 그녀는 잊은 지 오래였다
나이도 잊고 세월도 잊었다
가끔 마주칠 때면 오빠라 불렀다
그렇게 해줄 걸 오빠가 되어 줄 것을
문이 활짝 열린 날 그녀는 떠났다
그녀의 방엔 아직 주지 못 한 장난감이
내 노크 소리를 기다렸을 그녀의 냄새가
그 날은 태풍이 왔다
내 어린 가슴에 태풍이 왔다

낙엽

낙엽이 진다
발길에 찬찬히 부서진다

부서지는 소리가 메아리친다
메아리로 메아리로
돌고 돌아 다시 흙으로

낙엽이 진다
발길에 찬찬히 부서진다

부서지는 조각이 땅을 메운다
낙엽은 다시 나무가 된다
다시 나무는 낙엽을 만든다

눈

하얀 꽃들이 내려앉아
하룻밤 사이 겹겹이 쌓여

걸음걸음이 꽃잎으로
하얗게 물든 거리에서
걷는 이 모두 시인 되어

한가득 하얀 꽃밭이니
향기로 그 마음 전해주오

별무리

별들이 춤춘다
줄지어 지나간다

하늘은 무도회장
온갖 자태로 춤춘다

우리 소원 노래 삼아
별들이 춤춘다

빛으로 선율 맞춰
떠다니는 소망 담아
검은 바다 수놓는다

보이는 그 끝까지
별들이 춤춘다
줄지어 일렁인다

해빙

꽃향기 그리워질
바로 그때쯤

처마 끝 물방울
툭툭 어깨 위로
스며들어

얼음 맺혔던
강물 위에
녹음이 맺혀

굳어있던
마음들도
녹아내리네

열매

가득 물을 주지 마라
넘치는 물에
뿌리가 썩는다

함부로 손에 품지 마라
넘치는 온기에
잎사귀 죽는다

험한 풍파 이겨내고
모질게 자라난 식물만이
더없이 아름다운 열매로
결실을 맺는다

개화

그대가 이리 힘들고 어려운 것은
때가 오지 않았기 때문입니다

매서운 추위에도 견디는 것은
곧 지나갈 것을 알기 때문입니다

언젠가 그날이 온다고 하면
활짝 피울 약속을 했기 때문입니다

따스한 그 계절이 온다고 하면
그 무엇보다 아름다울 것이기 때문입니다

죽어가는 나를 마주해다 • 김병언

감정을 흑백으로 비유하면,
나는 항상 짙은 검정에 젖어있었다.
누구는 우울증이 불행한 게 아니라던데.
우리는 이토록 버젓이 불행하다.

instagram : @someone_s_day

달팽이

전생에 무슨 죄를 지었길래
짐 덩이를 업고 가야 하는지
걸음에 남긴 진득한 눈물의 길이
가엾기도 하구나

아무도 신경쓰지 않는 너를
잊히면서도 가야 할 먼길을

내가 보았다,
내가 알아챘다,
내가 알아줄 테니까

그 짐, 조금이라도 덜 수 있길

낙화 사진사

만개하기까지의 고통을 누가 알고 있을까

찰나에 피고 지는 아름다움은 곧 죽음이니
그 무게를 누가 알 수 있을까

모두가 찰나의 순간만을 담을 때
나는 꺼져가는 흔적을 담아내기로 했다

닿지 못하는 편지

반쯤 살고, 반쯤 죽어버린 하루
해가 질 때엔 나도 그만 져버리고 싶어서

나도 데려가 달라는 염원을 담아
편지 한 통 부쳐본다

비둘기에 묶어 살포시 날려 보내고,
병에 담아서 바다로 흘려보내도 보고,
풍등에 적어 하늘로 띄워 보내기도 했으나

점점 사라져가는 태양에게 닿지 않는
하얀 편지는 붉게 물들어만 가는구나…

마지막 잎새

밤을 지키는 가로등 하나와
곁을 지키는 앙상한 단풍나무 한 그루

위태롭게 붙어있는 붉은 잎 하나도
나와 함께 꺼질 거라 했더니
커튼으로 창문을 가려버리네

야속하게 빛나는 가로등과
거렇게 변해버린 단풍나무

바람이 불고, 마지막 잎새가 떨어지니
저 너머의 붉고 가녀린 생명이 꺼졌을까,
붙어있던 새까만 슬픔만이 날아갔을까

하얀 천에 가려져, 알 수가 없네,
마지막 잎새에 담긴 내 생명처럼

생일 축하합니다

스물여섯 개의 초가 타들어 가고
흘러내린 촛농은 주인 없는 케이크를 덮어간다

생일 축하합니다, 생일 축하합니다...
벌써 서른 번째 맞이하는 스물여섯 번째 생일이다

방 안에 울려 퍼지는 가련한 목소리는
어김없이 그의 생일을 축하해주는 것일까

세상 어딘가 피어난 붉은 봉숭아의
첫 번째 생일을 하염없이 기다리는 중일까

붉은 세상

붉게 타오르는 태양의 생명이 꺼지더라도
온 세상은 나를 완벽히 가두고 있었다.

나를 가로막는
붉은 신호

나를 막아서는
붉은 대문

나를 유혹하는
붉은 와인

입안에 머금다가
검붉은 밤, 눈을 깜빡이면
붉은 태양이 떠오르고 있었으니

나도 몰랐던 나의 우울에게

창공을 누비는 독수리가 전하길,
자유로움 속엔 고독함이 있노라

밤바다의 구원자 등대가 전하길,
맞이하는 따뜻한 뒤에 적막함이 있노라

황량한 사막의 선인장이 전하길,
강직한 모습은 연약함을 감추기 위함이라

어쩌면 내게도 이면이 있을까
이 몸이 썩다 한들 볼 수 없으니
거울만도 못한 생이 아닌가
이 눈은 오롯이 타인을 위한 것으로구나

사소함

아무리 닫으려 해도
잠기지 않는 감정 밸브
그 사이를 비집고
우울 한 방울이 맺힌다

차곡차곡 쌓여가는
한 방울의 사소함은
어느새 호수 되어
마음 한 켠을 차지했다

길고양이

어둠에 젖어 든 그대인데
몸을 가리고 숨어드는 게
나와 같은 모습이었네

긁히고 찢어진 상처투성이
구슬피 울어대는 모습조차
나를 비추는 듯해서

한참을 바라보고 있노라면
어느새 빠져들어 갔으니…

아름다운 눈동자를,
부드럽고 고운 털을
숨기고 걸어간 그 길을

헌 양심

메마른 땅에 눈물 한 방울 흘리니
흔적도 없이 사라지더라

채우지 못한 갈증은 이상을 요구하니,
한 방울의 감사함은 어디로 갔던가

메마름에 담긴 애절한 그리움은
대체 어디로 갔단 말인가!

그대의 헌 양심을 양식 삼아
까치가 물고 갔던가,
두꺼비가 가져갔던가!

흩날리던 밤

저마다의 사연이 담긴 것은
하얗던가, 노랗던가

민들레가 반짝이던 밤
별들이 하늘에 휘날리니, 이 밤은
하얗던가, 노랗던가

내 우울을 담고 날아가는 빛이
하얗던가, 노랗던가

간절함을 듬뿍 실어 보낸 소원은
하얗던가, 노랗던가

가시

돈아난 뾰족함에 찔리지 마라
날카로움에 베이지 마라

눈물 감춘 선인장을 알기 전에
고슴도치 먼저 보지 마라

메마른 슬픔

바다만 눈물이랴
모래도 눈물이다

홍수만 재난이랴
가뭄도 재난이다

설렘

싸늘한 공기, 떨리는 눈동자
별들도 떠나가 적막해진 밤하늘

불꺼진 방안과 창가에 머무르는
슬픈 달빛만이 내게로 스며드네

깜빡이면 없어질 오늘이 아쉬워서,
깜빡이면 다가올 내일이 두려워서

뜬 눈으로 지샐 까마득한 이 밤이
마지막이 되길 살포시 설레어본다

아름다운 죽음

서늘한 초승달이 빛나면
밤하늘에 별들은 모두 내게 오기를

발끝에서부터 차곡차곡 쌓여서
내 머리끝까지 차오르기를
옅어지는 숨소리를 빛으로 덮어서
마지막만큼은 아름다운 죽음이기를

행복과 불행의 상관관계

잠시나마 행복했던 순간들을 한곳에 모아서 우울의 불씨를 붙이
니, 활활 타버리는 모습이 마치 비명 같더라

타들어 가는 행복,
타버린 잿더미를 보며
불행이라 하였으니

잿더미가 되어버린 그대는 내게 행복함이었던가, 이미 온전한
불행으로 남아있었던가, 기억을 새삼스레 뒤적이다 한숨을 내
쉰다

더러워진 두 손의 채도만큼,
빈틈없이 채워진 잿더미만큼
분명 행복했을 테니까

무제

사람이 그려진 하얀 도화지

사과나무를 그려 넣으니 아담과 이브라 하고,
검은 새를 그려 넣으니 흥부와 까치라 하더이다

내 인생에도 우울 하나를 그려 놓았으니
누가 와서 그럴싸한 이야기 하나 비추어주기를

착각

활활 타버리고 남은 잿덩이
그 속에서 태어난 숯검댕이 새 한마리는
까악 하고 목놓아라 울어댄다

검은 것들은 죄다 기분이 나빠서
괜스래 돌멩이를 던져 내쫓는다

검게 때가 낀 손바닥에 돌맹이를 쥐고선
저 멀리 떠나가라, 고래고래 소리까지 질러본다

백야

낮과 밤의 경계가 무너져버린,
적막한 검은색을 떠나보내기는
너무도 밝은 세상이기에

나는 스스로 검정을 칠하고
발끝에 자리 잡아 그림자가 되었다

그들과 섞이지 못한 짙은 우울은
백야 속에 떠 있는 그림자처럼

희망고문

우울한 날도 끝난다는 희망은
점점 번져서 나를 집어삼키려 했다

언젠가 끝내야겠지
저릿한 슬픔을,
지독한 우울을,
한심한 자책을,
답답한 인생을…

조그마한 불씨는 희망이라 일컫지만,
커져버린 화염은 절망이라 하더이다

광대

내 얼굴에 검은 눈물을 새길테니
그댄 나를 본다면 부디 웃어주길

자책

공기가 조여오는 숨통과
생각이 두드리는 머리를
불안이 뒤흔드는 두 손을
혈관이 조여오는 심장을

갖고서 푸른 하늘 아래 서 있는
내 심정은 바람을 타고 날아가는데

누군가에겐 닿으리란 바램은
검은 구름이 되어 하늘마저 가리네

나를 맴도는 어두운 그림자도
세상에 물들어 밤처럼 스며들기에

죄책감을 날카롭게 갈아서
수없이 나를 베고 찔러야만 한다네

혼돈

울고 있지만,
울고 싶지 않았어요

웃고 있지만,
웃고 싶지 않았어요

진실과 거짓이
엉켜버린 감정들과
밀려드는 우울감

그 혼란 속에서
죽고 싶었지만,
죽고 싶지 않았어요

소주 한 잔

오늘도 수고했어, 한잔
사는게 힘들어서, 한잔
외로움을 벗삼아, 한잔
내가 비참해져서, 한잔
버티기 힘들어서, 한잔
그래도 버티려고, 한잔

아무리 비우고 비워도,
왜 잔이 채워지는지

구름 한 점 없는 밤하늘에 별들이 가득하니
잔을 채우는 이는 필시 그들이로다

마셔도 마셔도 끝없이 채워주는
눈물 잔을 머금으며 또 하루를 버텨가네

시간은 병이다

시간이 지날수록 잊어가는
웃음, 기쁨, 행복, 살아갈 이유

시간은 약이 아니라 병이다
버티면 두 배로 아픈 병

담배

한 까치의 담배에 불을 붙이니
타오름엔 내 호흡이 필요했지요
속을 들여다본 연기가 나와선
내게 따가운 말을 쏘아붙입디다

내뱉기보다 참는 게 더 가혹하다는,
그 말이 어찌나 따갑던지 눈물이 나더군요

영원할 거라 믿었던 한 까치의 사랑은
손에는 짙은 향기를 남기고,
몸에는 가혹한 습관만을 남겼습니다

까만 재를 남기고 떠나가버린
그대를 떠올리며 새 담배를 피워보지만
채워지지 않는 서글픈 공허함만 맴도는구려

떠나는 이들에게

내 생존을 다행이라 여기는 이가 있다면

희미해지는 기억을 글로 새기고,
그림으로 남겨서라도 그대를 붙잡을 텐데

부정적인 생각도,
죽을 듯한 고통도 당신의 모습이니,
너를 온전히 너로서 여기겠다는 이가 있다면

살을 깎고 잘라서라도 감사한 마음 갚을 텐데

어차피 수없이 나를 베어내도
삶의 무게는 줄지 않을 테지만

그리라도 하여서 그대에게
내 노력을 눈앞에 보여드릴텐데

흔한 이별

그대와 연관된 모든 것들을 자른다

그대가 넘겨주던 긴 머리카락을,
그대가 전해줬던 달콤했던 편지를,
그대와 나누었던 사랑을,
그대가 머물렀던 나의 하루를

잘려나간 기억 저 편에서
흐릿한 그대의 목소리가 들린다

아무리 자르고 잘라봐도
머리 속을 맴도는 목소리

바람을 타고, 햇빛에 스며서
미련이 담긴 그녀의 목소리가

민들레

내 갈 길 멀다 하여
쉬이 떠나지는 아니하리
그대의 언저리에
홀로 남아 말경에야 가리라

당신 가시는 길엔
내 걱정일랑 마소서
황나비 나불대면
춘풍에 향길 담아 보내리라

아픔의 지표

이별은 언제나 아픔의 지표다
두 배를 곱한 고통을 겪는 사별이었고,
반으로 쪼개면 별일이냐며 스쳐 가더라

참회록

당신이 내게서 멀어지니
분명 하늘로 가심이 틀림없으리라

생전에 못다 핀 사랑꽃
그곳 항해 활짝 띄워 보내드리리다

헌데, 어둑한 하늘에서 퍼지는
울부짖음이 어찌 저리도 서글픈지

적막의 향연 속에 당신을
깨우려는 빗소리가 요란도 합니다

어머니. 어디로 가십니까?
물으니, 죽은 자는 말이 없다 하시네

턱 끝을 타고 떨어지는 그리움
그 아련한 물방울도 내게만 보이는구나

사별

쓰라린 이별은 그 무게를 타고났으니,
가슴을 짓눌려 고통이 되어버리는구나

당신을 볼 수 없음은 이리도 저명한데
나는 지금도 당신과 만나고 있으니

만남의 대가로 무게는 이별의 두 배가 되어
말할 수 없는 고통이 가슴을 찌른다네

그대를 만날 수 없음은 피차일반이련만
쌓이는 눈물은 너무도 가혹하구나

어느 누군가의 하루

무력감에 갇혀 쓸쓸하게 죽어간
나는 그저 누군가에겐 하루입니다.

우울함에 둘러싸여 처참하게 죽어가는
나를 그대들도 보았습니다.
그런 나를 그대들도 만났습니다

어느 누군가의 하루이지만,
그대들도 나에겐 누군가이며

당신의 곁에 머무르는 그들조차
한낱 누군가에 불과하기에

내 하루는 당신들의 하루이자
당신의 곁에 머무르는 하루입니다

만약 나를 알게 되었다면,
내 감정들과 마주하고
조금이나마 공감했다면

나는 그대들이자,
그대들은 나입니다

이 시가 그저 우습거나
나를 이해할 수 없다면
그리 비웃고 넘어가세요

죽어가는 내 하루를
어느 누군가의 하루를
당신 곁에 머무르는 수많은, 죽어가는, 누군가를

그리움이 그대가 되어 • 노현주

저는 시를 모릅니다.
쓰고 싶어 썼고,
쓰다 보니 시가 되었습니다.

instagram : @geulsian

그리움

시간이 흐를수록
잊히는 사람이 있고
시간이 지날수록
그리운 사람이 있다

겨울나무가 좋은 이유

겨울나무가 좋은 건
고스러진 나뭇가지 사이로
새어 나오는 눈부신 햇살 때문일 거야

가지가지 사이로 보이는 풍경 속엔
숨죽이듯 내려앉은 눈
드리워진 해맑은 하늘
해의 자취를 감추는 게
아쉬운 듯한 꽃노을

그리고
사이사이로 미소 짓는 너, 너의 모습

겨울나무가 좋은 건
고스러진 나뭇가지 사이로 새어나오는
너의 미소 때문일 거야

저울

너의 아슬아슬한
몸부림을 보고
심장이 덜커덩
내려앉았다

고백 1

사랑 먼저 꺼내더니
이별 또한 너부터다

등지고 가는
네 모습에
앙상한 초승달이
눈물을 훔친다

고백 2

사랑고백은 심장 떨리고
이별고백은 심장 떨어진다

동백

서서히
한 잎 두 잎
뿌리고 가지
서둘러 가버리나
모가지가 댕강
부서지듯
사라진다

가슴이 철렁
내려앉는다

그리다

떠난 너를
기억하려
서둘러
그려보지만
너는
나의 추억마저
가져가 버렸다

목련

허연 목련의 큰 눈망울에
눈물이 맺히면
목련은
참을 수 없는 그리움에
서럽게 운다

무지 1

그렇게 좋더니
이렇게 아프다

가시

가시거든
함께한 시간마저
가져가시지

우리 행복했던 시간이
가시가 되어 내 목을 조인다

언제쯤
가시가
가실까

가시가 저 별이 되면
그 별을 보고 난 목메겠지

난 오늘도
까만 밤을 지새운다

텅 빈

네가 없는 밤이
어찌 아침으로 이어질까
혼자서는 너무 길어
하얀 밤을 보내지

네가 없는 손이
어찌 따스함으로 전해질까
빈손으로 걷는 이 길이 시려
시린 마음 남기지

허전한 이 마음이
채워질 수 있을까

그림자

어두운 그늘은
텅 빈 거리에
낮게 드리워지고

창백한 얼굴은
혼자서 비틀 거린다

어둠 속
알 수 없는 눈빛이나
축 처진 어깨가
나와 같구나

내 맘을 아는 건
오직 너 뿐이라
부둥켜안고 울었다

그땐 몰랐다

그대 없는
지독히도 어두운 밤
유난히도 밝은 달이다
그대 빈자리를 채우듯
스며드는 달빛은
보기만 해도 설렌다

말없이 눈빛만으로도
숨 막히듯 벅차오르는 감정은
가득 차오르면 기운다는 것을
그땐 몰랐다

기억

차 한 잔의 향으로
너를 부르고
차 한 잔의 따스함으로
너를 기억해

뜨거웠던 찻잔은 식어가고
우리의 그 순간은 지난날이 되었구나

오직 너만

나만의 바다
나만의 하늘
나만의 창으로
햇살이 비춘다

허나
오직 너만
나만의 그대가 아니구나

씨앗

텅 빈 마음에
그리움의 씨앗을 뿌려
눈물로 싹을 틔우면
너는 꽃이 되어
내게 오겠지

기다림

내가,
잎보다 꽃을 먼저 피우는 것은
그대가 나를 찾기 쉬이함이요
그대 보고 설레는 까닭이니

그대,
어서 와요
나, 그대 위해
하얗게 꽃을 피울게요

수련 1

까만 호수
하얀 꽃을
밤새
눈물로 지새운다

그대가
첫 눈에
나를 알아볼 수 있게

그대는
꽃잎이 삼키지 못한
나의 눈물을 알까

오직 너

헤아릴 수 없이
많은 별들을 보고
소리쳐봐

네 마음을
헤아리는 건
오직 너뿐이야

거짓말

울지 말자 해놓고
서럽게 흐느끼고
잊어버리자 해놓고
그리워한다

나침반

나도 내 맘을
모르겠는데
네가 내 맘을
어떻게 알겠느냐

| 그리움 지나면 아무것도 아닐...

무지 2

달이 참 밝다

내 맘은 어둡고
내 밤은 쓸쓸한데

달은
눈치 없이
밝기만 하다

내 맘을 모르는지

제자리

에스컬레이터 타고
내려가는데
자꾸 그 계단을 올라가

너의 생각을
물으려고 하는데
또 다시 떠올라

한숨

보고 싶은 마음이
가득 차올라

나 모르게
새어 나와
쌓이는 건
너 밖에 없더라

멀어진 그대

저 달은
누구 것이기에

나 닿을 수 없는
먼 곳에서
바라봐야만 하는 걸까

바람아
내 마음 띄어
저 달에게 보여주렴

그대를 닮은 그 달에게

들꽃

간절히 바라던 그대
꽃이 되어 내게 왔어요

향기와 촉촉함이
다하는 날
그댄 어김없이
또 나를 떠나겠지요

그래도
난
초승달 눈웃음으로
함초롬 젖은 그대를
잠시라도 보고 싶어요

수련 2

별씨가
바람에 흩뿌려져
눈물을 만나면
작은 호수
작은 꽃으로 피어나겠지

하얀 밤을 지새워
그윽한 향기를 흘리고 싶다

호수를 서성이다
창백한 향에 홀려
그대가 취할 수 있게

눈꽃

소리 없이
몰래 내리는 눈은
꽃이 되어
내 가슴에 피어난다

소리 없이 떠나 버린 너
소리 없이 흘려버린 눈물
아픔이 쌓인 만큼 그리운 거겠지

피할 수 없는 것이라면
온 몸으로 맞아
그리움의 꽃으로 피우겠다

평정심

내 마음의 힘을 빼겠어요

내 조바심에
그댄,
멀어지고 있네요
내 마음의 두려움이
희미해지니

그대,
촉촉하게
내 안에서
쉬다 가세요

첨 너처럼

살포시
내려 앉은 눈

숨 막히게
청초하다

첨 너처럼

보이지 않는 그대

그대
내 앞에서
안절부절 못함이
나보다
작아서가 아님을
난
알아요

진심은
보이는 것이
아니니까요

내게 준 사랑

해준 것도
하나 없는데

꽃은 내게 설렘을
햇살은 내게 따스함을
하늘은 내게 그리움을

그리고 그대,
그대는 내게
사랑을 주었지요

내가 해준 것
하나 없는데도

체온

따스한 햇살에
그때 생각나

그대 온 것 같은
행복한 그리움

내 입가에 그려 본다

자동 재생

함께 보낸 시간을
기억의 끝으로 남긴 채
해맑은 하늘을 본다

사랑이 끝나버린 것을
끝내 알았기에
눈물을 삼킬 수밖에

그래도
덤덤할 수 있는 건
쓰라린 기억조차
추억으로 아름답게
재생되기 때문이다

여전히
하늘은 해맑구나

씀담씀담 • 최일훈

'시'를 먹고 자란 '연극배우' / 평범한 직장인
삶, 겹겹이 살아가는 이야기 공간
그 이야기에 '시'로 여유 한 스푼을 곁들어보리

instagram：@hanbomi20

인사

자존심은 안 돼,
경험은 위험해,
이성은 의미 없어라고
말한다

마음은
소곤소곤 속삭인다
'한 번 해봐'

쓰담쓰담

악수를 청해왔다
포옹을 해주었다

고단함을 안았다
고단함을 안겼다

위로가 오고갔다
인생을 나누었다

진심

표정
시선
눈빛
몸짓

작은
찰나에
큰 마음으로 전해진다

시작

나이 40이 넘어
세상사
성공보다
실패가 많다는 사실을
알게 되었다

결국
실패가 많은 인생
실패에 익숙해지기로 했다

실패에 익숙해지려니
시작에 익숙해져야 했다

오늘도
시작한다

시작 詩作

삶

세상

타인

이해가 되지 않는다

힘들다

그래서

사람들이

시를 쓰나보다

나도

시를 써보련다

다짐

하고 싶은
일이 생겨도
나이가
발목을 잡곤 한다

그래서,

나이를
잊어버리기로 했다

오해

나이
40이 넘으니,

으레
지혜로울 거라
생각한다

그저
뭐든
그럭저럭
견뎌냈을 뿐인데

작은 욕심

덜
두려운 것을
선택하는
삶이
지루하다

뭘
선택하든,

뭘
하든

나답게
하고 싶다

삶겹살

삶
겹겹이
살아가는 이야기 공간

때론
버거움으로,

때론
희망참으로,

때론
씁쓸함으로
채워진다

다행스러운 건,
늘
한 가지 이야기만으로
채워지지 않는다는 것이다

어땠어?

어제처럼
오늘도 긴 하루였다

이제
오늘은 지겹다고
빨리 내일이 왔으면 좋겠다고
되뇐 하루였다

난
오늘에 대해
뭘 알고 있을까?

문득 궁금하다

그렇게
1,200원에 저당 잡힌
하루가
저물어 간다

신호대기

후회했다
한참을
걸어온 길을

갈망했다
이 길 끝에
있을지 모를 희망을

포기하기엔 아쉽고,
걸어가기엔 두려운
내 앞에
놓인 길

오늘도
경계에 섰다

거짓말

"시간이
해결해 줄 거야"

시간이 아닌,

시간이 흘러
조금 더 성숙한
내가
해결 하더이다

도전

해야 할
이유는
한 가지인데,

하지 말아야 할
이유는
수 만 가지가
떠오른다

한 끗 차이

밤새
잠을 설쳤더니
감기란다

처방 받고,
약을 먹다
사레에 걸렸다

살기 위해 먹다가
죽을 뻔했다

아,
생과 사
한 끗 차이

나

어제 쓴 story

오늘,
지금 써내려가는 story

story, story가
모여 모여
내
history가 된다

그래울 지나면 아쉽겠고 이별..

비로소

걱정을 덜어냈다
후회를 덜어냈다
노력도 덜어냈다

비로소
찾아든
안온함

자존심

뭉툭한 마음,

연필깎이에
넣고 돌리니
뾰족해졌다

원래보다
한 뼘 작아졌다

동심

눈이 내린 뒤끝

가로수 불빛에 비친
눈밭이
한결 그윽하다

뽀드득뽀드득
발밑에서
들려오는 소리가 좋아,
밟고 다녔더니
발을 잃었다

잊고 지내왔던
나를 얻었다

자화상

애써
외면했던
아버지의
표정,
어투,
습관

어느덧
내가 되었다

내편

고마워
내 얘길
들어줘서

미안해
네 얘긴
생략해서

꽉 찬 하루

아무것도
하지 않았다

아무 일도
일어나지 않았다

너만으로
하루가 꽉 찼다

쿨한 척

어제와 다른
일상에
표현이 궁상하다

슴슴한
너의 말과 태도에
들킬까봐
마음을 숨긴다

주저하다
못다 전한 마음,
바지 주머니에 욱여넣고
돌아선다

딸

나의
반밖에 안 되는
작은 체구의
네게
안겨

가장 큰
위로를 받았다

만추 晚秋

가을 가운데 앉아
담소를 나눈다

가끔씩
한눈을 팔아
이야기가 끊긴다

침묵
사이사이
가을이 깊어간다

수다

글쓰기,
SNS하기,
스쿠터 배우기,
제주도 한 달 살기,
원데이 클래스 가기,
.

.

.

같은
경험을 했다

소통은
이미
시작됐다

저축

마음을
너무 많이 썼더니
닳고 닳았다

덜 써야
오래
쓸 수 있을 텐데…

돼지 저금통에
넣어둬야겠다

공감

나만
아픈 줄 알았다

나만
숨 막히는 줄 알았다

나만
그런 줄 알았다

문득
돌아보니,

너도
울고 있었다

맥주 두 캔,
새우깡 한 봉지에
밤을 새웠다

우선순위

내 아내는
내 시를
좋아한다

가만히
들여다보니,

내 시가 아니라
나를 더 좋아한다

좋은 시보다
좋은 남편이 먼저다

지우개

세상에서
가장
잘 지워지는 지우개

아내와의 대화 중,
내 머릿속
지우개

부부 사이

기승전은 있는데
결이 없다

행복했다가도 우울하고
싸웠다가도 웃고
감동했다가도 화가 나고
웬 일이니 싶다가도 그럼 그렇지 하고
애처롭다가도 주먹이 울고

하루는 해피앤딩,
하루는 새드앤딩

기승전은 있는데
결이 없다

잔치국수

아들놈의 성화에
저녁상에 잔치국수가 올랐다

자신과
입맛이 닮았다며
준비의 수고로움을
즐거워하시는 장모님

연신 맛있다고
감탄하는 우리 가족

국수
한 젓가락에
재잘재잘

국수
한 젓가락에
하하 호호

엄마 손

내
손은
보드랍다

당신
손은
거칠다

사랑의 수고로움이
담겨있다

잡은 손
부끄러워
슬쩍 뺀다

엄마 품

차별 없이
양팔을 벌려
품어주시니,

시끄러웠던
하루가
위로 받는다

아버지

쉬는 법도 모르고
365일
슈퍼마켓을 여신 아버지

당신의 시계는
늘
아침 7시 오픈, 밤 12시 마감이었다

그 성실함이
못내 답답해 성질을 부리곤 했다

요즘, 아들이 묻곤 한다
"아빠, 왜 매일 출근해?"
.

.

내 성화에도
변함 없으셨던 아버지가
문득 그립다

못다 부친 편지 • 유나영

여기 실린 작품들은 모두 저의 경험들입니다.
용기가 없어서 미처 전하지 못했던 말들이
이렇게 세상 밖으로 나오게 되었습니다.
부디 이 진심이 전해지길 바라겠습니다.

instagram : @d__dam2x

정리

한 번도 꺼내어보지 않은 마음이다
꺼내놓고 보면 훨씬 클까 봐
내 생각보다 훨씬 클까 봐
꺼내지도 않은 채 정리하려 한다

흔들렸으나 그것은 분명 사랑이었다
혼자 했지만 사랑이었다
내가 아닌 다른 사람을
바라보고 있음을 알고 있음에도
염치도 없이
혼자서 사랑했었다

모든 행동은
그대를 좋아하는 마음에서 비롯된 것이 사실이나
단언컨대
그대를 흔들고자 함은 없었다

이기적이게도
그대를 한 번 더 보고 싶어 뒤돌아본 것은 사실이나
그대를 내 곁에 붙잡아두고자 함은 아니었다
그대를 마음에 품은 것은 사실이나
그대를 가지고자 하는 욕심은 없었다

그러나 그대의 행복을 빈 것은 거짓이 아니었음에
어젯밤 보름달에 빌었던 소원은 진심이었기에
그대가 이제 진정으로 행복하다면
나는 되었다
진심으로 그대의 행복을 빌었고
이제야 그것을 찾았다면 나는 이제 그만하렸다

진심으로 온 힘을 다해
그대를 정리할 테니
그대도 온 힘을 다해
그 사람과 행복하기를

진정

온 우주의 힘을 모아
그대가 상처받지 않길 간절히 바랐다
떨어지는 별똥별을 보며 빌었다

그 과정 속에서 내가 상처받게 되더라도
나는 감안하겠다 했다

나는 그대 곁을 끝까지 지켜줄 자신이 없었으니까

거절

내가 감히 받을 마음이 아니었다
나는 차곡차곡 접어 다시 그대에게 돌려드렸다
그대와 같은 마음이 아니기에
이 마음을 답례로 드릴 수가 없었다

그 순간

그 순간 그대가 너무 예뻐 보여서
부서지도록 그대를 안고 싶었다

마음을 들키지 않으려
안간힘을 쓰는데
정말 죽어라 노력하는데
자꾸만 마음이 새어나갔다

흘러넘친 나의 마음이
그대 발끝에 닿게 되면
이 마음은 구정물보다도 못한 존재가 되어
그대는 나를 피해 돌아갈 것이다

그러니 어떻게든
새어나가는 그대를
내 마음에 붙잡아두어야 하느니라

봄

그대는 요란 법석하게 내게 다가와
온 세상이 흔들릴 만큼
나를 흔들었다

보라색 꽃잎이 흐드러지던
그 시절 봄이
끝나갈 때 즈음
나의 봄이 시작되었다

다짐

나 스스로 했던 다짐들이 와르르 무너져내렸다

감정들은 뒤죽박죽 뒤섞였고
일상들은 엉망진창이 되었으며

빈자리에는
또 사랑이 채워졌다

파도

파도처럼 몰려오는 당신을
나는 막아낼 재간이 없다

내가 할 수 있는 일은
휩쓸려 그 안으로 들어가는 일 밖에

진심

동이 다 트기도 전인 어둑한 새벽
제법 쌀쌀하여 부단히 움직이지 않으면
감기에 걸려버릴 것 같던 그 온도 속에서
투박한 그대의 손만큼
투박한 말투로 툭툭
그대가 나를 불렀다

느닷없이 내게 와 박힌 것은
진심
그것이 너무나 진심이어서
콱하고 내 마음에 박혔다

그것이 너무도 진심이어서

나는 얼굴을 빨갛게 물들이곤
더워서, 아니 추워서 그렇다며
그 진심 하나 가슴에 안고
잰걸음질 쳤다

고백

사실
저도 그대가 보고 싶었습니다

그 한마디를 못 해
이렇게 사무칩니다

추억

너를 하루에 수만 번도 더 몰래 눈에 담았다
거짓말 안 보태고 숨 쉬는 것만큼 그랬다
그 눈동자가 나를 향했으면 하면서도
이 마음 들키기가 싫어
마주칠까 고개를 숙였다
그러다 다시 보고 싶어 들었다를 반복했다

눈을 떠서 제일 먼저 너에게 달려가고 싶었고
눈을 감을 필요조차 없는 까만 어둠이 오면
너의 목소리가 듣고 싶었다

그 시절 나는 온통 너의 세상 안에 갇혀있었다
단단히 빠져서 헤어 나오기까지 한참이 걸렸다
도망치듯 달려 나와서
이제는 그 세상을 기억 속에 고이 접어두었다

기억에 감정이 같이 서려
너의 세상은 내게 추억이 되었다

놀이터

별들이 빼곡히 박혀있어
하나도 어둡지 않던 그 밤
두런두런
우리의 이야기로 채우던 그날 밤

삐걱삐걱
그네가 흔들렸고
내 그네를 멈춰 세운
그대의 마음이
또다시 퍽하고
날아와 내게 박혔다

차 안에서

비가 제법 많이 내렸다
우리는 이때다 하고 차에 올라탔다
딱히 어디 가고 싶은 것은 아니었다
우리의 일터로 향했다
쉬는 날마저 일터라니

텅 빈 주차장에 아무렇게 차를 세웠다
아무것도 하지 않았다
의자를 뒤로 주욱 빼
눕듯이 앉아서
빗소리가 섞인 노랫소리를 들으며
유리창에 투둑투둑 떨어지는 비를 덧없이 바라봤다

커피 한 잔보다
그 시절 우리가 가장 좋아하던 여유였다

나는

그대 마음속에 품은 사람이
내가 아님을 알고 있음에도
모르는 척 넘어갔나이다

곁에 둘 수 없는 그 사람을
대신해 나를 옆에 두고 있음을
알고 있음에도
모르는 척 넘어갔나이다

콕콕콕콕
그 사람 주위를 서성이는 그대 모습이
몇 번이나 나를 찔렀지만
피투성이가 된 마음을 부여잡고도

그대 옆을 떠나질 못했나이다

불씨

그대를 향한 내 마음의 크기가
작은 촛불인 줄 알았는데
그래서 바람이 불면 금방 꺼질 줄 알았는데
두고 보니
마음의 크기가 산불과도 같아서
바람이 불자 불길이 더 크게 번져버렸네요

안부

그대만 보면 나오는 딸꾹질처럼
참아보려 해도 새어나가는 마음은
어찌할 방도가 없네요

잠시나마 혼자 했던 착각에
들뜬 마음으로 잠을 청했던
지난밤들은 이 안에 꼭, 꼭 묻어둘 테니

그대는 바라고 있는 그이에게
잘 도착하시기를

그날

변했습니다
잔인하게도

더 잔인하게도 그대는
제게 숨기려 하셨습니다

그대와 함께였던
정든 그곳에 가질 못하고
혼자 집에 남아
술잔을 채웠습니다

괜찮은 척 노래를 불렀지만
괜찮았을 리가요

희망고문

그대도 나와 같을 거라고 생각했다
일말의 여지도 없이 그대는 아니었고
그럼에도 그대는 내 손을 놓아주질 않았다
나는 서서히 무너져갔다

바람

그대를 스치는 바람이
이렇게 오랫동안
그대 곁에 머무를 줄 몰랐습니다

결국
바람이 몰고 온 먹구름은 제게
강한 빗줄기를 쏟아내네요

미처 아무런 준비도 하지 못했는데

긴 밤

처음부터 오롯이
나만의 밤이 아니었단 듯

짧았던 추억에 비해
이 밤이 무척이나 길어서

열두 번이나
그대를 보러 나 혼자
찾아갔나이다

후회

후회하느냐고 물었고
그대는 그렇다 하셨습니다

나와의 약속을 어긴 것
내게 상처 준 것
나를 울린 것
나를 떠나간 것

전부 후회한다 하셨습니다

그러나 나를 만난 것은
결코 후회한 적이 없노라 하셨습니다

그것만큼은
못난 그대의
진심이었을까요

그것만큼은

제가 믿어도 되는 걸까요

아니면 이번에도

저는

그대에게 또 속는 것일까요

성탄절

그대는 내게
반팔로 맞이하던 성탄절처럼
상상도 못 한 인연으로 다가왔다

이 마음도 그대에게
한 번도 경험하지 못 한
첫눈처럼 내려앉길

지나갔다

지나갔다
굳이 굳이 노력을 해서
길을 비켜드렸다

그렇게 지나가셨다

가로막고 있던 마음
보다
더 큰마음으로 길을 내어드린 것이니

부디, 안녕히

애증

나에게 만들어준 그 모든 기억들을
너는 잊었는지
미워하지만 조금은, 네가 궁금하다

정말 아파하고 힘든 시기였지만
너를 많이 좋아했다
가시밭길을 걸을까
발걸음을 뒤로 돌릴까
천 번도 더 생각하게끔 만든
그 지옥 같던 시간들 속에서
너는 나를 지옥으로 밀어 넣은
원인이자 그 지옥 속에서 나를 꺼내준
구원자이기도 했다

내게 모진 말을 아흔아홉 번 한 너지만
그 한 번의 사랑 외침이 좋아서
나의 언어가 아닌 너의 언어로
외치는 너의 모습이 좋아서

티는 안 냈지만
대답은 못 했지만
못내 많이 좋아했다 내가
감히 사랑이었다고도 말할 수 있겠다

돌이켜보니 그런 사랑도 없더라

모든 것을 다 버리고
너에게 달려갔던 그날
나에게도 그만큼의 용기가 있었구나
깨닫게 해준 네가
지금이라면 절대 하지 못할
새로운 경험을 선사해준 네가
고맙고 조금은, 궁금하다

못다 부친 편지

그대에게 전하지 못 한 이 편지가
세상 밖으로 나오면
그땐 알아줄까요
내가 정말 많이 그리워했단 걸

너는 잊어버려도 된다

내가 기억할 테니

세상의 잣대를 피해
멀리 도망치던 그 날

속도 모르고
하늘이 맑고
바닷물이 참 투명하던 그날

처음이자 마지막으로
같이 갔던
그 바닷가를

너는 잊어버려도 괜찮다

너의 그림자만 봐도
이렇게 가슴이 저릿저릿해서
한 평생 내 안에 남아있을 테니

한

내 한을 순간에 담아둘 수 있더라면
담아서 그 자리에 두고 올 수 있더라면
그 순간, 그곳에 두고 왔을 텐데
그랬다면 이렇게까지 그대가
사무치지 않았을 텐데

그러질 못 해서 내 그대가 이리도 사무치오
그대 생각을 미련하게도 내 마음에 담아서
한 평생 그대를 안고 살아가오
그것이 못내 한이 되어
사라지지 않는 한이 되어

그대가 여전히 내 가슴속에 남아있소
한순간에 사라질 한이 아니라는 걸
오늘날에야 깨달았소
참으로 미련하게

흔적

곳곳에 남아있는 그대의 흔적이
아직까지도 나를 괴롭힌다

흘러나오는 노래에 눈시울이 붉어지고
가슴이 미어질 만큼
울컥 그대 생각이 먹먹하게 찾아온다
그대가 여기에 얹혔는지, 답답하다

나는 그럼 또 가슴을 퍽퍽 때리는 것이 고작이지

필연

내가 그곳에 간 건

어쩌면

널 만나기 위함이었는지도 몰라

용량 부족

추억상자가 내게 말했다
용량이 꽉 차서 더는 담을 수 없다고
지나간 추억은 지워야 한다고

나는 말했다
새로운 추억을 담는 것을 포기하겠다고

아직은
떠난 그대라 할지라도
작은 것 하나조차
지울 수가 없어서

언어의 장벽

가지고 있는 온갖 용기를 끌어모아

그대를 와락 앉았다

이제껏 한 번도 내 마음을 제대로
표현한 적도 없고
못난 모습만 보인 나지만

그래도 그대만한 사람 없었다고
그대를 만나서 무척 행운이었다고
그대를 많이 좋아했다고

터득한 언어가 많지 않아
최대한으로
내 마음을 꾹꾹 눌러 담아 드렸다

고마웠습니다,라고